急がない

YOH Shomei

日本標準

急がない！

急ぐと時間が
逃げていく。
急げば急ぐほど
時間は
消えていく。

そして、
そのうち時間が
じわじわと
迫《せま》ってくる。

だから、
急がない！
急がないで
時間の中に留《とど》まる。

すると、
今度は時間が
ゆっくり流れ始める。
あなたは
寛《くつろ》ぎ、安らぐ。

あなたを
追い立てていた時間が、
逆にあなたを
優しく包み込み、
祝福しはじめる。

ゆっくりとしたひと時。
生きる歓びはそこにある。
この穏やかさこそ
あなたが求めていたもの。

あなたは、
時間とともに
自分を取り戻す。
自分の人生もね。

ところで、
あなたはなぜ
そんなに急ぐのか。
そんなに急いで
どうしたいのか。

あなたがどんなに急いでも
やるべきことは
なくなりはしない。
忙しさもなくならない。
どうしてだろう。

立ち止まってごらん。
ゆっくりしてごらん。

そうすれば、
それがどれほど
あなたを寛がせてくれ
心が安らかになるか、
わかるだろう。

急がない。
急がないことの
価値を知りなさい。

急ぐと
心を失う。
急がせると
気持ちが
荒れてしまう。

大切なのは、
何かを急いで
やることではなく、
どれだけ
心や気持ちをこめたかだ。

人の心を
置き去りにして
何かを成し遂げても、
真の歓びはない。
それは、束の間の
安堵感でしかない。

急がない。
急ぐと物事が
片付くように見える。

しかし、
また次が来る。
そしてまた次と。
生きている限り、
それは続く。

いつでも終わりがない。
そうやって
人生のほとんどを
追い立てられるようにして
過ごしていく。

そんな人生はもうたくさん。
そう思わないか。

急ぐ心が
身体を酷使する。
疲れ果てて
何もかもが嫌になる。
その時、
すっと病気が忍び寄る。

それでも人は急ぐ。
いったん急ぎ始めたら
急には止まらない。
倒れるまで…

確かに、毎日毎日
やることがたくさんあって
休んでなんかいられない。
しかし、
思いきって立ち止まる。
すると気づく。

急いでいるのは
物事でなく自分だった。
自分の心があせっていた、と。
自分のはやる気持ち、
あせる気持ちが
自分を忙しくさせていた、と。

今の状態が耐えられない。
我慢できない。
早く何とかしたい、と
じたばたする。

しかしそれはあなたの焦《あせ》りだ。
物事の動きとは関係ない。
早い遅いではなく、
あなたの心の苦しみだ。

心が静まると、
物事も静まる。
すると
ゆとりが生まれる。

心にゆとりがあると
自分が置かれた状況が
ようく見えてくる。
今、何がどうなっているか
はっきりわかってくる。

立ち止まって
周囲を見回せば、
適切に行動できる。
それが余裕というもの。

あわてないで待っていなさい。
そうすれば、
まったく自然に、
事が片付いていく。
急ぐことなんかないんだよ。
急がない、急がない。

急がないで
しばらく待ちなさい。
その時が来れば、
それはそうなる。
その時でなければ、
そうはならない。

待ちなさい。
待つ、ということを
憶えなさい。
待つこともまた、
物事を動かす力に
他ならない。

待っている間に
事はなされる。
より深いレベル、
見えない次元で、
然《しか》るべく…

重要なことで
あればあるほど、
見えざる力が働く。
それを信じて、
待っていなさい。

急がない。
急がない。
そんなに急いで
どうするね？

人間の歴史を見てごらん。
そうすれば、
然るべき時に、然るべき事が起こり、
然るようになっていたとわかるだろう。
同じように、
あなたが急ごうが、急ぐまいが、
焦ろうが、焦るまいが、
なるようになる、のだから。

急がない。
傷が治るのを急がない。
病気からの回復を急がない。
早く治りたい気持ちはわかるが、
焦ると、かえって治りが遅い。
身体はちゃあんと
治る時期を知っている。

心配しないでいい。
完全に治るまで、
人生は待っていてくれる。
人生を再び生き始めるのは
それからでも遅くない。

成長するのを急がない。
若木も年月を重ねて
巨木になる。
人間だって同じこと。

季節の巡りを
待ち望んでもいいが、
春の訪れは
急がせられない。
子どもが成長するのも
急がせられない。

やったことの成果も
急がない。
結果は
自然とやってくる。

幸せも歓びも
その時が来なければ
やってこない。

人生に
悲しみはつきもの。
とりわけ
愛する者との別れは
深い喪失感となって
人を苦しめる。

しかし、
悲しみが癒えるのを
急がない。
癒しは、時間とともに
ゆっくりやってくる。
人生も辛抱強く
あなたを待っていてくれる。

大切なことは
ゆっくりゆっくり
少しずつ少しずつ。

心の痛みも
傷ついた心も
時間が癒してくれる。
この人生で起こったことの
深い意味も目的も
いつかわかる時が来る。

ゆっくり、とは
自然に、ということ。
物事には、それにふさわしい
リズムとペースがあるから、
それにまかせるのが
いちばん良い。

だから焦らず、
物事とじっくり
取り組みなさい。
時間をかける。
手間をかける。
心をこめる。
それが大切。

急がない。

急ぐと
かえって時間に追われる。
早く済ませようと、
手を抜くようにもなる。
やり終えても、
一息つく間もなく
次がやってくる。

だから急がない。
急がないほうが確実。

春の初々しい芽吹きも、
凍てつく冬に耐えてこそ。
季節の巡りにも、
人生の巡りにも、
然るべき
プロセスとリズムがある。

人が、
その時期を早めたり
遅めようとしても
無駄なこと。

人の思惑とは関係なく、
自然は着実に変化していく。
冬のあとに春、
そして夏、秋、冬、と。

自然は決して急がない。
いかに人が急いでも
季節の巡りという大きな動きは
誰も止められない。

急がない。
急ぐことは、ない。
ゆっくり、ゆっくり、
ゆっくりでよい。

急いでも急がなくても、
どのみち
着くべき所には着き、
やるべきことも
いつかはやり終える。

しかし、急げば、
何かしら見落とされ、
どこかにしわ寄せがくる。
すべからく、
ゆっくり、じっくりやれば
・・・・・
つつがない。

どんなに先を急いでも、
結局、先、先、先と
きりがない。
頭はいっ時も休まらず、
疲れ果て、
いつか、
心も失っていく。

急がない。
食事は
ゆっくり
味わってこそ、
身につき、
心も満たされる。

人生も同じ。
急がない。
この日々を
大切に味わう。
人間関係も
ゆっくり深める。

急がない。
愛は、ゆっくり
育つもの。

愛は、
恋のように
急激に燃え尽きたりしない。
愛は決して急がない。
むしろ、時間をかけて
深めていく。
愛は永遠へと向かう。

急がない。
急がせない。
人も物事も、
各々独自の
リズムとペースがある。
それを守りなさい。

そうすれば、
物事は自然に成り、
人も穏やかでいられる。
急がせると
リズムが乱れペースも狂う。
そのうち、
訳がわからなくなる。

そんな時は、
元に戻して、
はじめからやり直す。
急がば回れ。

その方が確実。
そして
結局は、
その方が早い。

急がない。
急がせない。
急がせると
相手はあせって
ぎこちなくなる。

不信感と不満が生まれ、
互いの間が
ぎくしゃくし始める。
信頼と安心が失われ、
疑いと怒りが渦巻く。

急がせないで、
落ち着いてじっくり待つ。
すると、
お互いにほっとする。

信頼が戻ってきて、
物事が正しく動き始める。
時間はかかっても
得るものは大きい。

いいね。
急がせてはいけないよ。

早く早く。
気持ちはそうでも、
状況がそうでなく、
また、条件が整っていなければ、
そうはならない。

そういう時は、
ゆったり構えて、
時を待つ。
あせることなく、
今を味わい、今を楽しむ。

時が来れば、
きっとそうなる。
そう信じて。

なぜ急ぐか。
なぜ急がせるか。
よく考えてみなさい。

人を急がせるのは
不安や恐れだ。
自信も余裕もある人は、
決して急がない。
急がせない。

急がない。
物事には、すべて、
その時がある。

何度でも言う。
あなたがどんなに急いでも、
その時が来ていなければ、
そうはならない。
それは自然の理《ことわり》だ。

どんなに急いでも
また、急がなくても
すべては
然るべき時に
然るべく行われる。
それが宇宙の法則だ。

出会いも、別れも、
創造も、破壊も。
生も、死も、
星々の運行も、
すべて…

急がない、あわてない。
しかし、
身体はすばやく
物事はてきぱきと。

心を常に冷静に保ち、
落ち着いて事にあたれば
万事善し。

やるべきことを
よく理解し
手順を踏めば、
あわてなくても
ちゃんとできる。

落ち着いてやれば
スムーズに物事は進む。
川が低きに流れるように。
急ぐ必要などない。

いいかね、
人というものは、
急げば急ぐほど、
心はあせり、
頭の中は真っ白になる。

身体は
思うように動かず
次々と
思いがけないことが起きて、
パニックになる。

だから急がない。
落ち着きなさい。
ゆっくりしなさい。

本当だよ。

旅するときも
急がない。
旅とは
その途中を含んだ
全体を言う。

しかし、人は
目的地に着くことばかり考えて、
まだかまだかと
時間を気にし、
退屈し
疲れを感じ始める。

目的地や日時に
とらわれすぎて、
旅の途中を
ないがしろにしては
もったいない。

出発地を離れたら
それはもう旅の始まり。
旅のすべてを
大いに楽しみなさい。
人生も旅だ。
人生に起こることのすべてを、
じっくり味わいなさい。

急がない。
急ぎそうになったら
自分に言い聞かせなさい。
急がない、急がない、と。

生き急がない。
死に急がない。
いいね！

急いでも
急がなくても
その時が来れば
人は生まれ
そしてこの世を去る。

だから、
生きている限り
急ぐことなく
この一日一日を
丁寧に生きる。

今日、
すべてをやれなくても
心配しないでよい。
明日がある。
人生は長い。
もっと気を楽に。

もし、今回の人生で
やり残したことがあるなら、
次の人生で
やり遂げればよい。
あなたは永遠の存在なのだから、
なんだって可能だ。

急がない。
あわてない。
あせらない。
そして
悠々と生きる。

しかし
精一杯、
ひたむきに。

あなたへ

急ぐのは常に人間だ。
宇宙は急がない。自然も急がない。
人生だって急ぎやしない。
各々のリズムとペースで動いているだけ。
光も、音も、波も…　しかし、実際は、
何かが動いているわけではない。
静止しているわけでもない。
「永遠」の目で見れば、
“速さ”も“距離”もその意味を失う。
あなたという存在の中心に、
その「永遠」が存在している。
あなた自身が、「永遠」の存在に他ならない。
だから、あくせくする必要はない。
この人生の日々を、
ゆっくり味わって生きていきなさい。

葉 祥明

急がない

2010年2月20日　初版第1刷発行
2016年5月10日　初版第3刷発行

著者：葉 祥明
カバー写真：葉 祥明
造本・装丁：水崎真奈美（BOTANICA）
発行者：伊藤 潔
発行所：株式会社 日本標準
〒167-0052　東京都杉並区南荻窪 3-31-18
Tel：03-3334-2620　Fax：03-3334-2623
http://www.nipponhyojun.co.jp/
印刷・製本：小宮山印刷株式会社

ISBN978-4-8208-0438-3 C0095
Printed in Japan

＊乱丁・落丁の場合はお取り替えいたします。
＊定価はカバーに表示してあります。